Fahrenheit 451

FichesdeLecture.com

Fahrenheit 451
(Fiche de lecture)

I. INTRODUCTION

Publié en 1953, *Fahrenheit 451* est un roman d'anticipation dont le titre fait référence à la température à laquelle un livre brûle. L'ouvrage a été porté sur les écrans dès 1966 par François Truffaut.

II. RÉSUMÉ DE L'ŒUVRE

Première partie : le Foyer et la Salamandre

Guy Montag est un pompier âgé de trente ans qui s'estime satisfait de son travail. Sa mission consiste, au cœur d'une future société américaine oppressive, à brûler les livres et les possessions de leurs propriétaires. Toutefois, il développe des réticences à accomplir cette tâche après avoir rencontré sa nouvelle voisine, **Clarisse McClellan**, une jeune adolescente qui fait preuve d'un comportement bizarre puisqu'elle marche au lieu de conduire et aime converser avec les gens. Elle lui demande rapidement s'il est heureux. Lorsque Guy retourne chez lui et s'aperçoit que sa femme Mildred a avalé une boîte complète de somnifères, il comprend qu'il n'est pas heureux. Mildred est sauvée, mais elle ne garde aucun souvenir de sa tentative de suicide. Dès le lendemain, elle s'installe dans leur salon, absorbée par les images diffusées sur trois murs entiers de télévision interactive.

De retour à la caserne de pompiers, Montag est menacé par **le Limier**, un robot programmé pour traquer les odeurs de tous ceux qui osent s'approcher de livres. Le **Capitaine Beatty** lui dit de ne pas s'inquiéter à moins que, ajoute-t-il en plaisantant, Montag se sente coupable de quelque chose. Pendant toute la semaine suivante, Montag continue à fréquenter Clarisse et à réfléchir sur son existence. La jeune fille l'ouvre vers de nouveaux horizons, l'incitant à goûter la pluie, frotter sous son menton une fleur de pissenlit, humer l'air...

Un jour, alors que la radio de la caserne annonce que la guerre est imminente, Montag demande à Beatty s'il est possible qu'un jour, les pompiers aient lutté contre les incendies plutôt que de les provoquer. L'alarme se déclenche, et tous les pompiers doivent se rendre au foyer d'une vieille femme que son voisin a dénoncée. Celle-ci refuse de quitter sa maison alors qu'ils l'arrosent de Kérosène. Elle craque elle-même une allumette et brûle avec sa maison. Montag, avant ce drame, a le temps de dérober un livre.

Ce soir-là, Montag demande à Mildred (qui, à son habitude, est enfermée dans sa bulle à écouter son Coquillage Radio), si elle se souvient du lieu de leur rencontre. Aucun d'entre eux n'y parvient. Sa femme lui annonce que Clarisse a été tuée. Hanté par la vision de la mort de la vieille femme et par le décès de Clarisse, Montag ne se rend pas au travail le jour suivant. Beatty lui rend visite et lui fait un long exposé sur l'histoire de la censure, le développement des médias de masse, l'étouffement de la culture, la montée en puissance du résultat instantané des actions et le rôle des pompiers, « censeurs officiels, juges et exécuteurs » dans cette société. Il conclut par ces mots : « *Un livre est un fusil chargé dans la maison d'à côté. Brûlons-le. Déchargeons l'arme. Battons en brèche l'esprit humain. Qui sait qui pourrait être la cible de l'homme cultivé ?* » Beatty pense qu'il est possible pour un pompier de garder un livre pendant 24 heures par curiosité naturelle, tant qu'il le livre le lendemain. Lorsque Beatty s'en va, Montag peu convaincu décide de montrer vingt ouvrages à sa femme qu'il a cachés jusque-là dans leur maison. Parmi eux, une Bible. Il a la nette impression que leurs vies sont en train de s'écrouler et que le monde n'a plus de sens, et il espère trouver des réponses dans les livres. Le couple essaie alors de les lire. Mildred n'est pas rassurée ; elle craint une dénonciation de ses voisins et pense qu'il vaut mieux abandonner les livres et revenir à une vie tranquille.

Seconde partie : le Tamis et le Sable

Lire n'est pas chose facile lorsque l'on a si peu d'entraînement. Mildred abandonne rapidement et insiste auprès de son mari pour qu'il se débarrasse des ouvrages afin qu'ils reviennent à leur vie normale. Montag, toutefois, se souvient alors d'un professeur de littérature à la retraite dénommé **Faber.** Rencontré un an plus tôt, il pense que ce dernier peut peut-être l'aider. Dans le métro qui le conduit chez le professeur, Montag tente de lire et mémoriser des passages de la Bible qu'il a emmenée avec lui. Faber est d'abord effrayé par la présence de Montag mais il finit par accepter de l'aider dans son idée d'ébranler le système des pompiers. Ils se mettent d'accord pour communiquer par une minuscule radio placée dans l'oreille de Montag. Lorsque celui-ci revient chez lui, il y trouve sa femme et des amies qui regardent la télévision. Montag perd alors son sang-froid. Il oblige les femmes à l'écouter lire un poème de Matthew Arnold. L'assistance quitte la maison, scandalisée.

Lorsque Montag arrive à son travail, Beatty se moque de lui en utilisant des citations contradictoires tirées de livres célèbres, afin de lui prouver que les livres sont des objets sans aucune utilité, élitistes et déroutants. Montag lui tend un livre et est apparemment pardonné.

Mais soudain, la sirène retentit. Tous les pompiers se précipitent vers leur camion et se ruent vers l'adresse qu'on leur a donnée. Il s'agit de la maison de Montag...

Troisième partie : l'Éclat de la flamme

À leur arrivée, Mildred quitte la maison et s'engouffre dans un taxi. C'est elle qui a donné l'alarme. Beatty oblige Montag à brûler sa propre maison au lance-flammes et lui annonce ensuite qu'il est en état d'arrestation. Il met également la main sur l'oreillette radio de Montag et déclare qu'il remontera jusqu'à sa source. Il raille tellement Montag que celui-ci le tue au lance-flammes.

Désormais fugitif et devenu la cible d'une gigantesque chasse à l'homme diffusée sur les chaînes de télévision, Montag se rend chez Faber, puis rejoint la rivière, tentant de garder une avance sur le Limier. Il descend le courant pour se mettre à l'abri de ses poursuivants. Le long de voies ferrées abandonnées dans la campagne, Montag rencontre un groupe d'hommes âgés dont Faber lui a parlé : des marginaux, anciens universitaires et théologiens. Ils font partie des quelques personnes qui ont mémorisé des milliers de livres et survivent en marge de la société, attendant le jour où le monde retrouvera son intérêt pour la lecture. Comme Montag se souvient de quelques passages de la Bible, il peut contribuer au travail du groupe.

Très tôt le lendemain matin, des bombardiers ennemis passent au-dessus de leurs têtes en direction de la ville. La guerre commence et s'achève presque dans l'instant. La ville a été réduite en poussière. Montag ressent de la tristesse pour Mildred et la vacuité de leur vie commune. Il parvient alors enfin à se remémorer le lieu de leur rencontre : Chicago.

Montag prend alors la tête du groupe d'hommes et, ensemble, ils remontent la rivière vers la ville pour aider les survivants à reconstruire parmi les cendres.

III. PRÉSENTATION DES PERSONNAGES PRINCIPAUX

Guy Montag

Son nom est tiré de celui d'une manufacture de papier. Montag est le protagoniste de *Fahrenheit 451*, mais il est bien loin d'avoir la perfection d'un héros de roman. Sa foi dans son métier disparaît rapidement après le début du roman. Malgré le fait que le lecteur puisse le trouver sympathique dans sa rébellion, force est de constater que bien souvent il se révèle maladroit dans sa façon d'agir. Et, confronté à la complexité des livres pour la première fois, il est bien souvent perdu, frustré et dépassé par sa tâche. Du coup, il devient difficile pour lui de prendre des décisions indépendamment de Beatty, Mildred ou Faber. De même, il est souvent irréfléchi, obsédé par lui-même et facilement influençable. Parfois même, il ne se rend pas compte des raisons qui le poussent à agir ; on le voit notamment lorsque sa main dérobe un livre chez la vieille femme, presque en toute indépendance du reste de son corps. Ces pulsions subconscientes peuvent atteindre un stade plus violent, puisqu'elles le poussent par exemple à mettre le feu à son capitaine. Mais elles représentent aussi son désir profond de se rebeller contre le statu quo et de trouver un sens à sa vie.

Dans sa quête désespérée pour définir et comprendre sa propre existence à travers les livres, il commet parfois des bévues stupides, tandis qu'à d'autres moments il agit de façon plus lucide. Ses tentatives pour retrouver sa propre humanité l'emmènent de la compassion et la sensibilité (comme lors de ses conversations avec Clarisse) à des situations bien plus grotesques et irresponsables, telles le meurtre de Beatty ou son plan maladroit visant à se renverser le régime des pompiers.

Mildred Montag

La femme de Guy est l'un des personnages principaux du livre. Elle semble n'avoir aucun espoir de résoudre ses problèmes de conflits intérieurs. Sa tentative de suicide laisse penser qu'elle souffre beaucoup et que son obsession de la télévision est un moyen d'éviter de regarder sa vie en face. Mais ses véritables sentiments sont enfouis au plus profond d'elle-même, au point qu'elle n'est même plus consciente d'avoir tenté de se suicider.

Quelque part, c'est un personnage effrayant, dans la mesure où le lecteur pourrait s'attendre à connaître très intimement la femme du protagoniste. Mais Mildred est froide, distante et ses pensées sont illisibles. Sa trahison de Montag est bien plus grave que celle de Beatty, puisqu'elle est sa femme. Ray Bradbury dresse un portrait de Mildred qui la dépeint comme une coquille vide d'être humain, dépourvue de toute substance émotionnelle, intellectuelle ou spirituelle.

D'ailleurs, sa seule véritable affection pour quelqu'un va en fait à la « famille » du soap opéra qu'elle regarde à la télévision.

Le capitaine Beatty

Beatty est un personnage complexe et plein de contradictions. Il brûle les livres mais a une connaissance très vaste de la littérature ; on comprend qu'à une époque il a dû être passionné pour les livres. Il est important de noter que tout l'exposé de Beatty à Montag sur l'histoire des pompiers est très ambivalent, puisqu'il utilise l'ironie, le sarcasme, la passion et le regret. Il considère les livres comme des « armes traîtresses ».

À certains moments du roman, Beatty déclare qu'il a bien essayé de comprendre l'univers et qu'il sait de source sûre que le monde a une tendance à la mélancolie qui rend les gens solitaires, parfois animaux dans leur comportement. Mais il précise rapidement qu'il préfère sa vie de plaisir instantané. Cependant, on peut avoir l'impression à ce moment que la véhémence de son discours lui sert à renier ses sentiments profonds. Le rôle de son personnage est compliqué par le fait que Bradbury l'utilise pour donner des explications sur l'arrière-plan du roman. Et ses observations sur le monde qui l'entoure le rendent suffisamment sympathiques à certains moments pour que sa fonction ne soit pas limitée à être le « méchant » de l'histoire.

Le professeur Faber

Son nom vient d'un célèbre éditeur. Dans le roman, Faber est en compétition directe avec Beatty pour le contrôle de l'esprit de Montag. D'ailleurs, son influence n'est jamais totale, mais il parvient à le manipuler par l'oreillette et à lui faire accomplir les choses que lui-même n'a pas eu le courage de faire.

Le rôle de Faber, ainsi que ses motivations restent complexes. À certains moments, il essaie d'aider Montag à penser de façon autonome, mais à d'autres il essaie de le dominer. De même, il est tour à tour héroïque et lâche. Il incarne ainsi l'absence de mobilisation des intellectuels.

IV. AXES D'ANALYSE DU ROMAN

La censure

Fahrenheit 451 ne fournit pas une explication claire et unique de l'interdiction des livres dans le futur. Au lieu de cela, le roman suggère que plusieurs facteurs combinés ensemble pourraient provoquer cette situation. On peut les diviser en deux groupes : les facteurs qui mènent à un manque d'intérêt général pour la lecture et ceux qui rendent les gens activement hostiles envers les livres. L'ouvrage ne distingue pas clairement ces deux développements. On comprend seulement qu'apparemment, ces deux groupes se supportent mutuellement.

Le premier des groupes inclue la popularité de certaines formes concurrentes de divertissement, telles que la télévision et la radio. Plus largement, Bradbury pense que la présence de voitures rapides, de musique forte et de publicité crée un mode de vie avec bien trop de stimulation, dans lequel personne n'a le temps de se concentrer. Également, la masse énorme de publications est trop importante pour qu'on y réfléchisse, ce qui conduit une société à lire des livres « condensés » (très populaires à l'époque de Bradbury) plutôt que les œuvres originales.

Le second groupe est plus lié à l'envie. Les gens n'aiment pas se sentir inférieurs à ceux qui ont plus lu qu'eux. Mais le roman suggère que le plus important facteur dans la mise en place de la censure est l'ensemble des objections de groupes d'intérêts et de « minorités » contre des choses qui les offensent dans les livres. Bradbury prend soin de ne pas citer spécifiquement les minorités raciales ; par exemple, il parle du groupe des amoureux des chats. Il laisse la liberté au lecteur de penser à d'autres groupes.

Dans la Postface de son roman, Bradbury se montre extrêmement sensible à toute tentative de restriction de la liberté d'expression. Par exemple, il s'oppose fermement aux lettres qu'il a reçues lui suggérant de revoir son traitement des personnages féminins ou Noirs. Il considère ce genre d'interventions comme hostiles et intolérantes par essence, comme un premier pas vers la mise en place des autodafés...

Connaissance contre ignorance

La lutte de Montag, Faber et Beatty s'articule autour de la tension entre savoir et ignorance. Le devoir du pompier est de détruire la connaissance et de promouvoir l'ignorance afin d'« égaliser » la population et de promouvoir l'uniformité. Les rencontres de Montag avec Clarisse, la vieille femme et Faber éveillent en lui une étincelle de doute quant à cette vision des choses.

La quête de savoir qui en découle vient détruire l'ignorance aveugle dans laquelle il vivait et qu'il partageait avec pratiquement tout son entourage. Ce faisant, il se bat contre les croyances de base de sa société.

Distraction contre bonheur

D'après Beatty, l'agitation permanente et l'émulation permettent d'aider la population à se débarrasser de leur tristesse et d'éviter toute émotion intense ou des pensées difficiles. En conséquence, la société qui nous est présentée dans *Fahrenheit 451* est constamment dans la recherche du plaisir immédiat, de la distraction, dans l'occupation pour éviter de se pencher sur une recherche réelle du bonheur ?

Typiquement, on voit que Mildred est une femme désespérée, ce qu'elle essaie de compenser par des heures de télévision et des somnifères à l'excès. La population tombe alors dans un cercle vicieux, puisque les gens sont terrifiés à l'idée de ressentir une émotion trop violente ou une difficulté, alors qu'en même temps c'est leur esquive permanente de ces sensations qui aggrave leur mal-être.

L'utilisation de symboles par Bradbury

Le Foyer (ou le Cœur) et la Salamandre : le foyer se réfère à la fois à l'incendie et à la maison. Ensuite, la Salamandre est l'un des symboles officiels des pompiers, ainsi que le nom donné à leurs camions. Le feu est donc exprimé à travers ces deux symboles. En effet, la salamandre était autrefois considérée comme pouvant vivre au cœur des flammes sans brûler...

Le Tamis et la Flamme : avant tout lié à des souvenirs d'enfance de Guy Montag, le titre de la seconde partie véhicule en fait plusieurs réflexions. Le sable est un symbole de la vérité recherchée par Montag et le tamis représente l'esprit humain qui met des limites à cette quête. La vérité reste insaisissable, surtout face à la Flamme.

Le Phoenix : cette image est utilisée après le bombardement de la ville, désormais réduite en cendres. Or le Phoenix est avant tout connu pour sa renaissance symbolique après qu'il se soit consumé. Ici, ce terme anticipe à la fois une résurrection spirituelle et physique de la ville comme de l'humanité dans son ensemble.

Dans la même collection en numérique

Les Misérables

Le messager d'Athènes

Candide

L'Etranger

Rhinocéros

Antigone

Le père Goriot

La Peste

Balzac et la petite tailleuse chinoise

Le Roi Arthur

L'Avare

Pierre et Jean

L'Homme qui a séduit le soleil

Alcools

L'Affaire Caïus

La gloire de mon père

L'Ordinatueur

Le médecin malgré lui

La rivière à l'envers - Tomek

Le Journal d'Anne Frank

Le monde perdu

Le royaume de Kensuké

Un Sac De Billes

Baby-sitter blues

Le fantôme de maître Guillemin

Trois contes

Kamo, l'agence Babel

Le Garçon en pyjama rayé

Les Contemplations

Escadrille 80

Inconnu à cette adresse

La controverse de Valladolid

Les Vilains petits canards

Une partie de campagne

Cahier d'un retour au pays natal

Dora Bruder

L'Enfant et la rivière

Moderato Cantabile

Alice au pays des merveilles

Le faucon déniché

Une vie

Chronique des Indiens Guayaki

Je voudrais que quelqu'un m'attende quelque part

La nuit de Valognes

Œdipe

Disparition Programmée

Education européenne

L'auberge rouge

L'Illiade

Le voyage de Monsieur Perrichon

Lucrèce Borgia

Paul et Virginie

Ursule Mirouët

Discours sur les fondements de l'inégalité

L'adversaire

La petite Fadette

La prochaine fois

Le blé en herbe

Le Mystère de la Chambre Jaune

Les Hauts des Hurlevent

Les perses

Mondo et autres histoires

Vingt mille lieues sous les mers

99 francs

Arria Marcella

Chante Luna

Emile, ou de l'éducation
Histoires extraordinaires
L'homme invisible
La bibliothécaire
La cicatrice
La croix des pauvres
La fille du capitaine
Le Crime de l'Orient-Express
Le Faucon malté
Le hussard sur le toit
Le Livre dont vous êtes la victime
Les cinq écus de Bretagne
No pasarán, le jeu
Quand j'avais cinq ans je m'ai tué
Si tu veux être mon amie
Tristan et Iseult
Une bouteille dans la mer de Gaza
Cent ans de solitude
Contes à l'envers
Contes et nouvelles en vers
Dalva
Jean de Florette
L'homme qui voulait être heureux
L'île mystérieuse
La Dame aux camélias
La petite sirène
La planète des singes
La Religieuse
1984 A l'Ouest rien de nouveau
Aliocha
Andromaque
Au bonheur des dames
Bel ami
Bérénice
Caligula
Cannibale
Carmen

Chronique d'une mort annoncée

Contes des frères Grimm

Cyrano de Bergerac

Des souris et des hommes

Deux ans de vacances

Dom Juan

Electre

En attendant Godot

Enfance

Eugénie Grandet

Fahrenheit 451

Fin de partie

Frankenstein

Gargantua

Germinal

Hamlet

Horace

Huis Clos

Jacques le fataliste

Jane Eyre

Knock

L'homme qui rit

La Bête humaine

La Cantatrice Chauve

La chartreuse de Parme

La cousine Bette

La Curée

La Farce de Maitre Pathelin

La ferme des animaux

La guerre de Troie n'aura pas lieu

La leçon

La Machine Infernale

La métamorphose

La mort du roi Tsongor

La nuit des temps

La nuit du renard

La Parure

La peau de chagrin

La Petite Fille de Monsieur Linh

La Photo qui tue

La Plage d'Ostende

La princesse de Clèves

La promesse de l'aube

La Vénus d'Ille

La vie devant soi

L'alchimiste

L'Amant

L'Ami retrouvé

L'appel de la forêt

L'assassin habite au 21

L'assommoir

L'attentat

L'attrape-coeurs

Le Bal

Le Barbier de Séville

Le Bourgeois Gentilhomme

Le Capitaine Fracasse

Le chat noir

Le chien des Baskerville

Le Cid

Le Colonel Chabert

Le Comte de Monte-Cristo

Le dernier jour d'un condamné

Le diable au corps

Le Grand Meaulnes

Le Grand Troupeau

Le Horla

Le jeu de l'amour et du hasard

Le Joueur d'échecs

Le Lion

Le liseur

Le malade imaginaire

Le Mariage de Figaro

Le meilleur des mondes

Le Monde comme il va

Le Parfum

Le Passeur

Le Petit Prince

Le pianiste

Le Prince

Le Roman de la momie

Le Roman de Renart

Le Rouge et le Noir

Le Soleil des Scortas

Le Tartuffe

Le vieux qui lisait des romans d'amour

L'Ecole des Femmes

L'Ecume Des Jours

Les Bonnes

Les Caprices de Marianne

Les cerfs-volants de Kaboul

Les contes de la Bécasse

Les dix petits nègres

Les femmes savantes

Les fourberies de Scapin

Les Justes

Les Lettres Persanes

Les liaisons dangereuses

Les Métamorphoses

Les Mouches

Les Trois mousquetaires

L'étrange cas du Dr Jekyll et de Mr Hyde

L'Ile Au Trésor

L'île des esclaves

L'illusion comique

L'Ingénu

L'Odyssée

L'Ombre du vent

Lorenzaccio

Madame Bovary

Manon Lescaut

Micromégas

Mon ami Frédéric

Mon bel oranger

Nana

Ne tirez pas sur l'oiseau moqueur

Notre-Dame de Paris

Oliver twist

On ne badine pas avec l'amour

Oscar et la dame rose

Pantagruel

Le Misanthrope

Perceval ou le conte du Graal

Phèdre

Ravage

Roméo et Juliette

Ruy Blas

Sa Majesté des Mouches

Si c'est un homme

Stupeur et tremblements

Supplément au voyage de Bougainville

Tanguy

Thérèse Desqueyroux

Thérèse Raquin

Ubu Roi

Un Barrage contre le Pacifique

Un long dimanche de fiançailles

Un secret

Vendredi ou la vie sauvage

Vipère au poing

Voyage au bout de la nuit

Voyage au centre de la terre

Yvain ou le Chevalier au lion

Zadig

À propos de la collection

La série FichesdeLecture.com offre des contenus éducatifs aux étudiants et aux professeurs tels que : des résumés, des analyses littéraires, des questionnaires et des commentaires sur la littérature moderne et classique. Nos documents sont prévus comme des compléments à la lecture des oeuvres originales et aide les étudiants à comprendre la littérature.

Fondé en 2001, notre site FichesdeLectures.com s'est développé très rapidement et propose désormais plus de 2500 documents directement téléchargeables en ligne, devenant ainsi le premier site d'analyses littéraires en ligne de langue française.

FichesdeLecture est partenaire du Ministère de l'Education du Luxembourg depuis 2009.

Plus d'informations sur www.fichesdelecture.com

Notes :